LE
GODMICHÉ
ROYAL,

1789.

AVIS DE L'ÉDITEUR.

FATIGUÉ des patrouilles & des factions que j'avois faites, & me trouvant, à trois heures du matin, fur la terraffe des tuilleries, ne voyant & n'entendant perfonne, la frayeur s'empara de moi, & je me cachai auffi bien que je pus dans ma guérite. Le fommeil vint me tranquillifer; mais ce ne fut pas pour long-temps. J'entendis une voix qui me dit bien diftinctement : Pourquoi portes-tu un habit que ton courage ne te permet pas d'avoir, au lieu de refter dans ta boutique à faire vivre ta femme & tes enfans? prends ce manufcrit: vas l'imprimer, & le diftribue dans toutes les villes, & penfe que fi, fous vingt-quatre heures, le public n'eft point inftruit des faits contenus dans ce cahier, et que tu aies encore l'uniforme fur le corps, tu feras pendu : la peur qui m'avoit endormi me fit tomber le nez contre terre ; j'appellai au fecours, perfonne ne vint; comme il pleuvoit à verfe, je me relevai pour me mettre à l'abri. Quelle fut ma furprife de trouver le manuscrit, que je m'empresse de vous faire passer, de crainte d'être pendu ! je vous engage , mes chers citoyens , à quitter vos uniformes , si vous n'avez pas plus de courage que moi : si vous contestez la validité de ce manuscrit je ne pourrai pas vous en donner les preuves ; vous savez comme il m'a été remis, je m'en lave les mains.

A M E N.

LE
GODMICHÉ ROYAL.

ENTRETIEN
ENTRE JUNON ET HÉBÉE.

JUNON feule, fes juppes retrouffées, fe patinant la motte.

ADMIRABLE partie d'un con trop méprifé,
Soutien officieux d'un poil noir & frifé,
Motte autrefois charmante aux yeux de mon
      parjure,
Hélas ! foyez fenfible à ma derniere injure :
Le bougre porte ailleurs un encens qui m'eft dû ;
Son vit eft mou pour moi & bande pour un cul.
O rage ! ô défefpoir ! chere motte ma mie,
Du membre de Jupin vous n'êtes plus chérie,
Oifivement placée au bas de mon nombril,
Vous n'avez pour efpoir qu'un infenfible outil.

(Elle tire un godmiché de fon fac à ouvrage.)
Ombre foible d'un vit, mais pourtant falu-
     taire,

A 3

Heureuse invention qu'on doit au monastere,
A mon con enflammé vous plaisez à bon droit,
Encore valez-vous mieux que le bout de mon
      doigt.
      (Elle se branle.)
Mais quoi ! quand Jupiter encule Ganimede,
Junon seroit réduite à ce triste remede !
Quoi ! quand de mon époux les perfides couil-
      lons
Dont je jeûne souvent, élancent le bouillon
Dans des endroits secrets dont rougit la nature,
Je me contenterois de la simple figure !
Non ; on verra plutôt un carme repentant,
Aller, le vit baissé, prêcher dans un couvent ;
Il est temps qu'à la fin je venge cet outrage,
S'il est vrai que tout cul de Jupin soit le gage.
Tous les vits désormais pourront foutre Junon,
Et je veux me servir de mon illustre con.
Chere Hébée, paroissez.

JUNON, HÉBÉE.

HÉBÉE.

A vos ordres soumise,
Grande reine, excusez si je viens en chemise ;
Mais dans votre antichambre, exerçant mon
      talent,
Hercule me foutoit, Madame, en attendant.

JUNON, bas.

A foutre à tout venant elle paffe la vie ;
Que fon fort eft heureux ! que je lui porte
      envie !
Ah ! que n'ai-je à préfent le vit d'un bon fou-
      teur !
Qu'avec lui, dans ces lieux, je fourtrois de bon
      cœur !

HÉBÉE.

Où tendent ces regards, ce funefte filence ?
De ces triftes foupirs que faut-il que je penfe ?
Si j'ofe librement m'expliquer en ces lieux,
Vous déchargez, madame, & vous foutez des
      mieux ;
Mais pourquoi ces poignards ? quelque foutu
      jocrisse
Vous auroit-il enfin foutu la chaude-pisse ?
Non, pour un tel affront votre con n'eft pas fait ;
Voyons ces fers.

JUNON.

Prenez.

HÉBÉE.

Quoi !

JUNON, riant.

C'eft un godmichet

HÉBÉE.

O Dieux ! quel inftrument ! ma foi je fuis ravie
De vous voir pelotter en attendant partie.

A 4

(Elles chantent un duo fur l'air ; Votre
cœur, aimable bergere.)

Dans la nature tout engaîne,
Dans les eaux foutent les poiſſons,
La chèvre s'accouple dans la plaine,
Et dans les airs les moucherons :
Foutons, foutons à perdre haleine,
Tous les vits font faits pour les cons.

J U N O N.

Que ne puis-je, en effet, favourer à loiſir
Ce que peut un long vit procurer de plaiſir !
De mon con enflammé les nymphes deſſéchées
Sur le bord du vagin font triſtement panchées ;
Hélas ! il faudroit bien que le vit d'un fouteur
Vînt, en les arroſant, leur rendre leur vigueur ;
Telle on voit une roſe, au milieu d'un parterre,
S'entr'ouvrir, ſe fermer & tomber ſur la terre,
Ou plutôt telle on voit, ſur un ſable mouvant,
Une huître hors de la mer bailler au premier
        vent.

H É B É E.

Quel étrange diſcours ! mon ame en eſt émue ;
Quoi ! vous regnez, madame, & n'êtes point
        foutue !
Je mépriſe le trône & tous ſes vains honneurs ;
Un vit vaut ſeul un ſceptre : au diable les faveurs,
Et tuut ce que le ſort aveuglément nous donne,
Deux couillons valent mieux qu'une illuſtre cou-
        ronne.

JUNON.

Hélas ! ma chere Hébée, tel eſt mon ſentiment !
Mais tu ſais que l'on doit quelque choſe à ſon
      rang ;
Tu ſais qu'une princeſſe, aux malheurs deſtinée,
Ne peut, comme elle veut, régler ſon hymenée ;
Que j'aime tes conſeils, & qu'ils flattent mon
      cœur !
Le deſſein en eſt pris, foutons avec ardeur.

HÉBÉE.

Enfin, à mes deſirs vous voilà donc rendue,
Dites un mot, madame, & vous voilà foutue,
Ou bien, en un inſtant formez vingt bataillons
De trente mille vits armés de beaux couillons ;
A votre illuſtre con donnez ample carriere ;
Donnez-moi le ſignal d'abord, j'ai votre affaire :
Priape au vit quarré, Pan au vit de Triton,
Silene au vit perçant & plus vif qu'un poiſſon,
Et mille autres engins faits à la cordeliere,
De foutre imbiberont votre illuſtre derriere :
Madame, quel plaiſir dans votre con heureux,
De reſſentir des coups de vits ſi vigoureux !
Secondez de vos coups cette vigueur active ;
Contentez, s'il ſe peut, votre humeur foutative ;
Mais ſi, par un haſard qu'on ne peut ſoupçonner,
Vous vous laſſiez enfin de vous faire enfiler,
Alors, uſant des droits qu'on accorde aux actrices,
Je m'offre à le branler entre les deux couliſſes.

JUNON.

Vas, vole, chere Hébée, raſſemble tes amis,

Range autour de mon con un bataillon de vits;
A foutré tu verras que mon adreſſe excelle;
Hébée, choiſis bien, & prouve-moi ton zèle;
Qu'un extérieur flatteur ne frappe point tes ſens,
Souvent un beau dehors cache un mauvais dedans:
Ne m'amènes donc point de ces foutus viédazes
Que la vue d'un con fait reſter en extâſe,
Et qui pouvant à peine, au fort de leurs deſirs,
Effleurer foiblement le centre des plaiſirs,
S'amuſent, comme on dit, toujours à la mou-
　　tarde:
Garde-toi d'amener cette race bâtarde,
Ces blonds colifichets, ces marquis charlatans,
Qui prennent à ſe mirer la moitié de leur tems,
Ces atômes brillans, qu'on nomme petits - maî-
　　tres;
S'agit-il d'avancer, ce ſont autant de traîtres:
D'abord leurs vits ont l'air d'être forts & vail-
　　lans;
Mais ſitôt le bougre décharge & fout le camp:
Je ne veux point non plus de ces blèmes poëtes;
Du langage des cieux enflammés interprètes,
Par trop accoutumés au jeu de cinq contre un,
Lorſqu'ils voient un con, leur poignard importun,
Secondant auſſi-tôt leur verve fantaſtique,
Leur donne, en dépit d'eux, l'onction jéſuitique:
Je ne veux point non plus de ces vits bourſouf-
　　flés,
Sans deſirs, ſans plaiſirs, ſuperbement gonflés;
Car ils agitent en vain leur priapique enfllure,
Et n'ont dans les couillons ni foutre ni luxure:
Mais, pour le dire enfin, & pour parler raiſon,
Autant vaudroit ſe mettre du poiſon dans le
　　con.

Pour calmer, chere Hébée, les ardeurs de mon
    con,
Ce n'eſt pas ce qu'il faut pour contenter Junon;
Mais je veux de ces vits, dont la bonne enco-
    lure,
Ne connoît en foutant ni repos ni meſure;
De ces vits amuſans dont le gland chatouilleux
Puiſſe arroſer d'un coup mes fibres amoureux,
Et de ces vits, enfin, qui, fiers à l'eſcalade,
Me contraignent auſſi-tôt de battre la chamade.

HÉBÉE.

Repoſez-vous ſur moi, je fais bien comme on
    fout,
Madame, vous ſerez ſervie à votre goût;
Je fais ici ferment, quelque ſoit mon envie,
De ne jamais branler, ni foutre de ma vie,
Si le moindre des vits que je veux vous donner
Ne vous fait décharger vingt fois ſans déconner.

JUNON.

C'eſt promettre beaucoup.

HÉBÉE.

        Des vits de ces lurons
Le plus conrt porte au moins quinze pouces de
    long.
JUNON.

C'eſt comme je les veux : Et de circonférence ?

HÉBÉE.

Huit pouces pour le moins, ſi j'en crois l'ap-
    parence.

JUNON, après avoir un peu rêvé.

Quinze pouces de long ! huit de circonférence!
Ah ! mon con en décharge auffi-tôt que j'y
    penfe ;
Qu'ils viennent donc ici, qu'ils inondent mon
    con !
Hébée, tu leur diras que la tendre Junon,
Puifqu'il faut la nommer, eft plus chaude que
    braife ;
Que j'ai le cul léger, je ne me fens pas d'aife !
Mais tous font-ils, enfin, de robuftes fouteurs,
Hébée, puis-je t'en croire ? excufe mes frayeurs ?
Ah ! fi leurs vits, peu faits à pouffer la décharge,
En entrant dans mon con, quoique vafte & fort
    large,
En fortoient auffi-tôt,... Non, non, tu t'y connois,
Et ta flamme amoureufe ne me trompa jamais ;
Qu'ils viennent, c'en eft fait, je vais foutre fans
    bornes,
Je vais à mon époux planter cornes fur cornes ;
Le jean-foutre aujourd'hui va fentir à fon tour
La vengeance qu'infpire & la rage & l'amour :
Qu'ils paroiffent foudain, ma motte bien lavée,
Ma chemife & mes jupes hautement retrouffées,
Et le foutre coulant de mon con à plein fceau,
Sera cru des mortels un déluge nouveau.

(Hébée fort).

JUNON, feule.

Inutiles frayeurs ! qu'enfantent l'ignorance,
Que nourrit la foibleffe & foutient l'imprudence!
Trop fcrupuleux remords ! au fein des doux
    plaifirs

Ne venez pas troubler l'ardeur de mes defirs;
Répandez fur le fort votre poifon funefte,
Mon con parle, il fuffit, que m'importe le refte ?
Ces mouvemens lafcifs en mon con excités,
Voilà mon feul oracle, il doit être écouté;
Foutre de la vertu, ce n'eft qu'une chimere,
Un con bien amoureux peut foutre avec fon pere;
« Délicieux enfans, veuillez branler Junon,
» Moteurs voluptueux & du vit & du con,
» Vous qui favez fi bien le chatouilleux ufage
» De faire en un clin-d'œil fauter un pucelage,
» Plaifirs, fils de Vénus, quittez votre féjour,
» Venez pour mon bonheur préfider à ma cour.

(Une troupe de Plaifirs de différens fexes,
nuds, entrent fur la fcene, & exécu-
tent une danfe voluptueufe.)

A voir ces vits fautans & ces mottes danfantes,
Dont un naiffant duvet couvre les fleurs naif-
fantes,
Je trouve dans mon con l'agréable fureur
Du plaifir qui m'échauffe & me fout jufqu'au
cœur.

LE

MEÂ CULPÂ R***.

O toi ! dont l'exiftence étonne l'univers,
Monftre qu'en leurs fureurs ont vomi les enfers,
Infâme...... odieufe......
Toi, dont l'avidité, la vie & la baffeffe
Déshonorent l'empire & le trône français
Puiffe ton affreux nom, détefté déformais,
Ne vivre à l'avenir aux faftes de l'hiftoire
Que pour y retracer ta coupable mémoire:
Puiffent nos defcendans, qui fauront tes fecrets,
D'un regard indigné contempler tes forfaits,
S'étonner qu'un beau jour t'ait donné la naiffance,
Et maudire & pleurer les malheurs de la France !
Puiffent-ils, dès le jour où triomphent les loix,
D'un peuple en liberté reconnoître la voix,
Voir tomber de ton front un honteux diadême,
Et vivre encore affez pour t'effrayer toi-même
De l'horrible portrait que l'hiftoire, en traits fûrs,
Aux B...... leur préparent pour les fiecles futurs !
Et toi, pourceau fangeux, tyran pufillanime,
Qu'une vile tribade a fu conduire au crime ;
Toi qui, d'un mafque beau te parant quelque
        fois,
Voulus fouiller le nom du meilleur de nos rois,

Toi, que de fots flatteurs, dans leur perfide ufage,
Ont nommé bienfaifant, après t'avoir dit fage,
Tu n'as jamais été qu'un tyran déguifé ;
Frémis : fi contre Henri le fer s'eft aiguifé,
Si la coupable main frappa fon cœur augufte,
Bientôt, fans doute, un bras vengeur autant
       que jufte
Saura nous délivrer du plus lâche Bourbon,
Et laver dans ton fang la honte de ton nom ;
D'un mépris éternel fi ton ame eft jaloufe,
Vas prendre un digne rang auprès de ton époufe,
Et, Vitruve nouveau, vas d'un nouveau Néron
A la poftérité conferver le vil nom ;
Peins-nous de ces tyrans les traits les plus fideles,
Surpaffe, fi tu peux, encore tes modeles ;
Tes crimes hâteront l'inftant de la vengeance,
La gloire du vengeur & l'honneur de la France ;
Vas, le plus vil des rois, vas remplir tes deftins,
Le jour où tu naquis pour les triftes humains,
Fut un jour que le ciel marqua dans fa colere,
Et le jour plus affreux où l'effrayant tonnerre,
Annonçant ton époufe au François confterné,
Accompagnant tes pas à l'autel préparé,
Avoit affez montré par un fanglant préfage,
De deux monftres unis le finiftre affemblage ;
Ah ! que n'avez-vous donc, couple impur &
       hideux,
Dans cette horrible fête expiré tous les deux !
Tu dormois fur le trône, ô monarque imbécile,
Quand de la nation le fuprême fénat
Motivoit à tes pieds fa réfiftance utile,
Et de tes propres mains vouloit fauver l'état !
Quelle fécurité, tout près du précipice

Tu n'apperçois donc pas ton peuple s'indigner,
Il n'attend que le sceau de ta vaste injustice,
Pour t'apprendre à grand cris qu'un autre doit
    régner ;
Tes projets sont affreux, ose les reconnoître :
Une femme impudique a su les enfanter ;
Mais du trône des Francs tu dois être le maître,
Et comment Antoinette osa-t-elle y monter ?
Les cris des citoyens armés pour la patrie,
Seront bien différens des cris de tes soldats,
Les provinces crieront : Justice, Economie,
Et sous tes étendarts, signes d'assassinats,
L'on n'entendra plus rien que la bourse ou la
    vie :
Réfléchis, ou prends place au rang des scélérats.

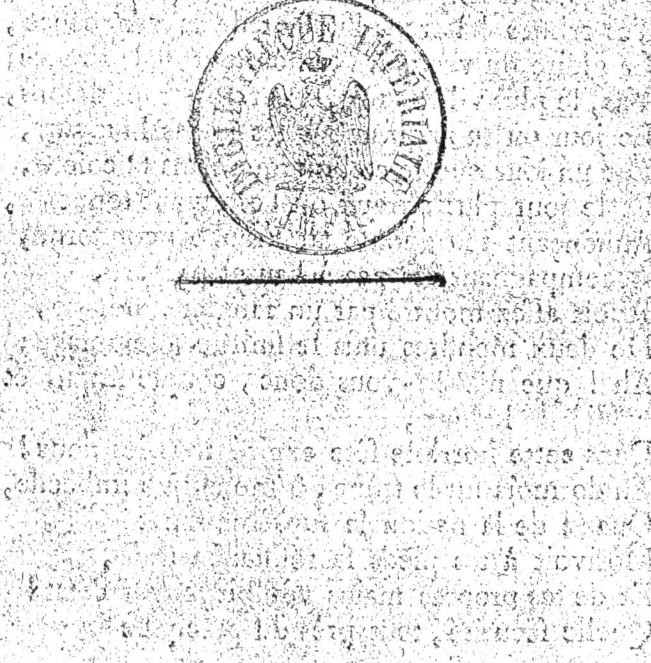

www.ingramcontent.com/pod-product-compliance
Lightning Source LLC
Chambersburg PA
CBHW061531170626
46811CB00004B/1917